AF285915

Die junge Seele

2. Auflage 2024

Herstellung und Verlag: BoD – Books on Demand, Norderstedt

Copyright © Tom van Elle (Thomas Ellenrieder)

Coverdesign und alle Bilder im Innenteil: Lisa G., Pixabay

Bibliografische Information der Deutschen Nationalbibliothek:
Die Deutsche Nationalbibliothek verzeichnet diese Publikation in
der Deutschen Nationalbibliografie; detaillierte bibliografische
Daten sind im Internet über dnb.dnb.de abrufbar.

Die automatisierte Analyse des Werkes, um daraus Informationen
insbesondere über Muster, Trends und Korrelationen gemäß §44b
UrhG („Text und Data Mining") zu gewinnen, ist untersagt.

ISBN: 978 3 7597 6814 8

Für alle Seelengeschwister,

insbesondere

Antonia, Wolfgang und Andreas.

Der Anfang...

Da ist sie. So schön und unberührt, so rein und liebevoll. Von mächtig weißen Strahlen umringt, leuchtet die junge Seele kraftvoll in den Kosmos hinaus.

Sie ist in der Einheit der Liebe und dem Verständnis geborgen und behütet. So nimmt sie sich nicht einmal als eine eigene Seele wahr, sondern nur als das Ganze, in dem sie lebt. Die formlose und zeitlose Einheit, mit den anderen Seelen tief im Sein verbunden und verschmolzen.

Grenzenlose und vollkommene Liebe in *Allem was Ist* empfand die junge Seele bis zu einem entscheidenden Moment.

Dieser Moment sollte sie für immer prägen.

Ein noch nie dagewesenes Gefühl übermannte sie.

Es war ein Hauch von Langeweile, der langsam in ihr aufstieg. Anfangs unterdrückte sie dieses seltsame Gefühl, das noch so neu für sie war.

Aber irgendwann ließ sich dieses eigenartige Gefühl nicht mehr unterdrücken und diese fast harmlose Langeweile wandelte sich allmählich in leisen Zorn.

Plötzlich platzte es irgendwann, nach einer gefühlten Ewigkeit des Ausharrens, aus ihr heraus und sie sprach erzürnt zu ihren Seelengeschwistern:

„Immer diese Einheit und vollkommene Liebe füreinander! Das ist echt langweilig! Ich möchte raus aus dieser Gesamtheit, raus in das unendlich große Universum und es entdecken und erleben!"

Darauf antwortete die Seeleneinheit liebevoll und mit vollem Verständnis:

„Wir akzeptieren deine Entscheidung, liebe Seele. Aber bitte überlege es dir noch einmal, denn wenn du erst gegangen bist, so wirst du scheinbar sehr lange fort sein und verändert wiederkommen. Sowohl äußerlich als auch innerlich. Du wirst dabei deine Unschuld verlieren. Sei dir dessen bewusst!"

„Das ist mir egal, das nehme ich in Kauf! Ich möchte mich selbst und das Neue erfahren!"

Zu diesem Zeitpunkt spürte die junge Seele sich zum ersten Mal als eine eigenständige Seele und so wurden die Persönlichkeit und das Ego in ihr langsam geweckt.

Zum Abschied segnete die Seeleneinheit ihre junge und rebellierende Seele voller Liebe und sagte, was nicht durch Worte geschah, sondern über eine Gefühlsübertragung, in der die Seelen ohne durch Worte herbeigeführte Missverständnisse kommunizieren:

„Vergiss niemals die Verbundenheit, liebe Seele. Durch die Liebe wirst du uns wiederfinden, egal wo du auch sein mögest!"

„Wie sollte ich so etwas Banales vergessen?", fragte sich noch die junge Seele, bevor sie endgültig das Kollektiv verließ.

Für sie war es unbegreiflich, sich jemals verlieren zu können. Denn bis jetzt hatte sie nur die reine Liebe und Verbundenheit der Seeleneinheit erfahren und kannte daher nichts anderes. So wusste sie diesen Zustand in der Einheit nicht zu schätzen, als sie in die Ungewissheit zog.

„Vergiss niemals die Verbundenheit, liebe Seele."

Das Universum

So flog die junge Seele beflügelt von dieser neuen Freiheit in das nie endende Universum hinaus. Sie war begeistert von dieser Vielfalt an Galaxien, Sternen und Planeten, deren Farben und Klängen. Jeder Stern hatte eine andere einzigartige Note. Sie kam aus dem Staunen gar nicht mehr heraus und empfand dabei eine besonders tiefe Ehrfurcht. Solch ein buntes Leuchten hatte sie sich nicht vorstellen können.

Die junge Seele bereute es nicht, gegangen zu sein und dachte sich, was ihre Seelengeschwister in dem Kollektiv wohl alles verpassen würden.

Als sie wieder eine riesige Galaxie durchflog, eine von vielen Millionen, begegnete ihr die außergewöhnliche Gestalt einer Seele. Es war für sie das erste Mal, dass sie eine Seele außerhalb der Einheit wahrnehmen konnte, so sehr war sie im Bewundern des Universums vertieft gewesen.

Diese andere Gestalt an Seele hatte seltsame dunkle Flecken in ihrem Strahlenfeld, was ein eigen- und einzigartiges Bild und Muster ergab.

Die junge Seele wurde neugierig, da sie selbst strahlend weiß war und so etwas Seltsames nicht kannte.

Schließlich sprach die junge Seele diese seltsame Seele spontan an:

„Hallo liebe Seele, was hast du denn da für interessante Flecken in deinem Strahlenfeld?"

„Das sind Erfahrungen, die ich auf anderen fernen Planeten gemacht habe", antwortete die andere Seele stolz.

„Was sind denn Erfahrungen?", fragte die junge Seele nichtsahnend und interessiert.

„Erfahrungen sind prägende Erlebnisse, die du in der Trennung erfährst."

Die junge Seele verstand auch das nicht und die Gestalt an Seele fuhr fort:

„Es ist nicht zu erklären, wenn du es selbst nicht durchlebt hast. Nur so erhältst du das richtige Verständnis und die Einsicht darüber, wie es ist, sich selbst zu verlieren."

„Ich möchte es verstehen, was es bedeutet, Erfahrungen zu haben!", sagte die junge Seele eifrig.

„Dann wende dich an Elohim, beim Planeten Gaia. Er ist der Hüter dieses Planeten und wird dich einweisen."

„Und wo finde ich diesen Planeten Gaia?", so die junge Seele neugierig.

„Du hast Glück, denn er ist gleich hier in dieser Galaxie. Es ist ein blau leuchtender Planet, auch der blaue Planet genannt. Ich selbst habe es jedoch noch nicht gewagt dort Erfahrungen zu sammeln. Aber du kannst ihn nicht verfehlen, er ist einzigartig in dieser Galaxie!", antwortete die Gestalt an Seele, bevor sie wieder in die Weite des Universums verschwand.

Sofort begann die junge Seele die Suche nach diesem geheimnisvollen Planeten.

Der blaue Planet

Es war eine bläulich schimmernde Kugel, die winzig klein in der Weite des Universums leuchtete.

Als die junge Seele näher an diesen seltsamen Planeten heranflog, konnte sie die Schönheit und Vielfalt dieser blauen Kugel erkennen. Zwischen dem leuchtenden Blau wurden dunkle Flecken und weiße Schleier sichtbar.

„Faszinierend schön, nicht wahr?", hallte es plötzlich von überall her.

Erschrocken über die Mächtigkeit der Stimme, ließ die junge Seele den Blick von der blauen Kugel ab und erkannte Elohim, den Hüter des Planeten, der sich ihr näherte, sofort.

„Hallo junge Seele, welch eine Ehre!", begrüßte Elohim freundlich und liebevoll den neuen Besucher.

Sein Strahlenfeld war so beeindruckend und gigantisch groß, dass die junge Seele aus dem Staunen nicht herauskam. Überall verschieden leuchtende Farben und Muster aller Art, die wohl alle im Strahlenfeld gespeicherten Erfahrungen sein mussten. Es strahlte eine immense Weisheit, Präsenz und Stärke aus.

„Ja, dieser Planet ist wirklich faszinierend schön! Aber was machen denn die vielen Seelen dort unten?", fragte die junge Seele neugierig.

„Sie alle haben sich freiwillig gemeldet, um sich selbst in der Dualität und im getrennten Sein zu erfahren, um sich selbst wiederzuerkennen.

Sie möchten alle Seins-Zustände, die auf diesem Planeten möglich sind, durchleben, um alles besser verstehen zu können.

Das Leben in der fassbaren, groben Materie und deren Formen erfordert besonderen Mut und sehr viel Geduld", so Elohim zur interessierten Seele.

„Aber wir sind doch gar nicht voneinander getrennt!", erwiderte die junge Seele.

„Durch den Schleier des Vergessens wird diese Illusion der Trennung aufrechterhalten. Es ist wie ein Rollenspiel, in dem sich die Seelen selbst erfahren, kennenlernen und dabei das Verständnis für die grobe Materie bekommen. Mit der groben Materie meine ich jenen Stoff, der, im Gegensatz zur feinstofflichen Seele, so hoch verdichtet ist, dass er zu festen Körpern und Gegenständen wird, die sich anfassen und verändern lassen. Jedoch auch der Vergänglichkeit unterworfen und daher unbeständig sind", erklärte Elohim der jungen Seele sanft.

„Durch das Vergessen entsteht dann zunächst das Gefühl des Alleinseins und daraus erfolgt die Angst, nicht vollständig zu sein. Und Angst ist eine Seite dieses Spiels der Dualität, deren Gegenseite die Liebe ist.

Angst ist die Ursache für viele Gewaltakte und Zerstörungen, aber auch dies gehört zur seelischen Entwicklung dazu."

„Was bedeutet es denn, Angst zu haben?", unterbrach die neugierige Seele Elohim.

„Es gibt viele Formen von Angst, aber die Hauptform aller Ängste ist wohl die Verlustangst, womit sich die meisten menschgewordenen Seelen dort unten auseinandersetzen. Sie versuchen sich über die Materie, also Körper, Land und Besitz, zu definieren und zu

21

identifizieren. Es ist dann immer eine Suche nach außen hin, wobei die Verlustangst dadurch gestärkt wird.

Wenn also eine Form von Materie durch die unabwendbare Vergänglichkeit vorübergeht, dann haben sie das Gefühl, ein Teil in ihnen würde absterben und so verteidigen sie ihre Form und Glaubensstruktur bis zu ihrem Tod.

Ihnen ist in diesem Moment nicht klar, dass sie göttliche Essenz, also *Alles-was-Ist*, und somit ein Teil der Gesamtheit sind und auch immer bleiben werden. Mit oder ohne materielle Formen."

„Aber wieso haben sie denn das Wichtigste vergessen? Ihre eigene Essenz in *Allem-was-Ist*?", fragte die junge Seele entsetzt.

„Genau das ist das Spannende auf diesem wunderbaren Planeten. Jede Seele hier darf die Erfahrung machen, sich wieder neu zu erkennen. Das ist wie ein großes Ratespiel, in dem man sich selbst Stück für Stück näherkommt, bis hin zur vollkommenen Selbsterkenntnis. Doch bis dahin sind einige hunderte, gar tausende Lebensformen vergangen. Jede in ihrem eigenen und einzigartigen Rhythmus.

Fakt ist jedoch, dass es jede Seele einmal schaffen wird, sich selbst neu zu erkennen oder besser gesagt, sich wieder zurückzuerinnern."

„Diese armen Seelen dort unten sehen aber nicht wirklich glücklich aus!", stellte die junge Seele entsetzt fest. „Dieses Ratespiel sollte doch Spaß machen, oder nicht?"

„Das ist auch eines der Ziele! Dort auf der Erde soll das Leben sogar Spaß machen und sie sollten sich dabei an deren Fülle und Vielfalt erfreuen. Denn es ist ihre Schöpfung, die sie erschaffen haben.

Sogar das Leid ist von jeder Seele selbst gewählt. Sie können sich selbst nicht liebevoll verzeihen und tun sich dies alles selbst an. Sie selbst sind es, die entscheiden, in welchem Land und unter welchen Bedingungen sie leben wollen. Natürlich wissen das der Verstand und das mit ihm verbundene Ego nicht. Ego und Verstand sind dort unten auf diesem Planeten besonders verstärkt und halten so diesen Prozess ständig am Laufen. Die verstandgesteuerte Seele versucht immer, das Begangene wiedergutzumachen. Auf der Erde nennen sie das Karma oder Sünden.

Sie verurteilen sich selbst so auf härteste Weise, wie es sonst kein anderer hier oben jemals machen würde.

Die alten Seelen urteilen über niemanden, denn sie haben größtes Verständnis und Mitgefühl, da sie es selbst genauso durchlebt haben", erklärte Elohim liebevoll der jungen Seele.

„Wie können sich dann die ganzen Seelen von diesen Lasten, die sie hier an den Planeten binden, befreien?", fragte die junge Seele neugierig über die universelle Gefühlssprache, in der es keine Worte gibt.

„Wenn es den Seelen so derart schlecht geht und sie den geschichtlichen Tiefpunkt ihres Seelenlebens erreicht haben, sei es durch einen grausamen Krieg oder eine andere große Katastrophe, in der sie alles um sich herum verlieren, kann eine Wandlung geschehen.

Diese beginnt innerlich, indem sie es satt haben zu leiden und immer das Opfer zu sein.

Sie werden dann erstmals wieder die Verantwortung für ihr Handeln und Denken übernehmen und sich innerlich öffnen.

Sich selbst wieder lieben lernen, anstatt sich zu zerstören, sind die ersten Schritte der Bewusstwerdung. Wenn die Selbstliebe wiederhergestellt ist, so kann sie wahrlich auch bei anderen empfunden werden. Dieses Gefühl nennen sie Nächstenliebe.

Wie können sie denn wahrlich andere lieben, wenn sie sich selbst noch hassen!? Durch die Öffnung des Herzens, positives Denken und tiefe Dankbarkeit entsteht die Selbstliebe, welche aber keine Arroganz ist. Dadurch entwickelt sich dann eine echte *Liebe-zum-Nächsten* zwischen deinen Seelengeschwistern hier auf diesem wunderbaren Planeten", Elohims Strahlenfeld hüllte die junge Seele liebevoll ein.

„Ein weiterer Schritt wäre, die einnehmenden Gedanken und deren Egostruktur, sprich die Persönlichkeit zu minimieren und gar aufzulösen, um die Herzenskraft und die Verbundenheit mit der Welt zu spüren.

Wie kann eine Seele die leise Stimme des Herzens hören, wenn dauerhaft die Gedanken, der Verstand und deren Emotionen dazwischen brüllen!? Nur über die einkehrende innere Stille im Wesen wird dies wieder möglich sein!

In der tiefen inneren Stille werden sie sich erstmals wieder ihrer wahren göttlichen Essenz und Größe bewusst. Diese sind nicht mit Gedanken, sondern ausschließlich über das tiefe innere Gefühl des Wesens erfassbar.

So wird dieses Gefühl von einem tiefen Frieden und der Liebe in *Allem-was-Ist* begleitet.

Wenn das alles eingetreten ist, kann sich die Seele wahrlich und herzlich selbst für all ihre Taten verzeihen, denn sie hat sich angenommen, wie sie ist.

Mit allen Ecken und Kanten. Sie wird liebevoll sagen können: *Ich bin, der Ich bin.* Und somit wird sie frei von allem sein!"

„Ich würde zu gerne diesen Seelen dort unten helfen wollen. Das finde ich schwer mit anzusehen, wie sie blind umherirren! Schließlich sind sie meine Geschwister und ein Teil von mir", sagte die junge Seele bedrückt.

„Das kann ich sehr gut verstehen, liebe Seele. So erging es mir auch einmal. Es ist ein sehr feiner Zug von dir, sich in der Liebe zum Nächsten in solch ein Abenteuer zu stürzen. Sei dir dabei aber bewusst, dass durch die Schwere, die dort auf diesem Planeten herrscht, die Unbewusstheit und das Vergessen über *Alles-was-Ist* eintritt!", mahnte Elohim.

„Du hast es doch auch geschafft, lieber Elohim! Also kann das doch nicht so schwer sein, sich zurückzuerinnern", erwiderte die junge und rebellische Seele frech.

„Lass dich da nicht täuschen, liebe Seele. So habe auch ich etliche Anläufe gebraucht, um die Erkenntnis zu erlangen. Aber der Zeitpunkt könnte denkbar gut sein, denn es gibt immer mehr bewusste Seelen dort unten und je mehr Bewusstsein auf diesem Planeten herrscht, desto einfacher wird es für die übrigen Seelen sein, sich zurückzuerinnern und zu erwachen.

Vorausgesetzt sie sind bereit dazu!", fuhr Elohim fort.

„Liebe Seele, du solltest dies stets respektieren, denn jedes Wesen dort unten geht seinen eigenen und individuellen Lebensweg. So kannst du sie nicht missionieren und sie nicht dazu zwingen, die Erkenntnis zu erlangen. Es sind bereits einige Seelen vor dir wegen einer gut gemeinten Überzeugung in unsäglichem Leid ertrunken.

Sei ein Wegweiser und lebe es den anderen lieben Seelen vor!

Wenn du es für dich leben kannst, strahlst du es in deinem Strahlenfeld aus und erreichst so unbewusst die Seelen, die bereit für diesen nächsten Schritt sind. Das ist das Einzige, was du zur Bewusstwerdung beitragen kannst.

Wenn die Zeit reif dafür ist, wird dein Hinweiszeichen erkannt und trägt dadurch zu der Bewusstwerdung und der Erkenntnis bei", so der Hüter der Erde liebevoll.

„Dies möchte ich tun. Ich möchte es meinen lieben Seelengeschwistern auf diesem sonderbaren und zugleich wunderschönen Planeten vorleben und dabei zur Bewusstwerdung beitragen!", schrie die junge Seele schon förmlich vor Begeisterung.

„Du wirst dann erst einige Male in einem tierischen Körper leben müssen, um dich an die Trägheit und Dichte dieser Materie gewöhnen zu können. Und daran, was es bedeutet einen vergänglichen Körper zu haben, der das Fortbewegungsmittel dieser für dich neuen Welt ist."

„Aber wieso ein Tier? Ich wollte doch als menschliches Wesen leben!", erwiderte die junge Seele irritiert.

„Das bedeutet nicht, dass ein Tier geringer ist als ein menschliches Wesen. Tier und Mensch stehen auf einer gleich hohen Stufe, da der Mensch genau wie das Tier aus derselben heiligen Natur und Essenz entsprungen ist.

Nur die Menschheit selbst, stellt sich eine Stufe höher. Sie ist vom Verstand, dem Ego und deren Emotionen geleitet, wohingegen das Tier mehr instinktiv handelt und somit ein wenig näher an der Bewusstheit ist. Natürlich gibt es auch im Tierreich unterschiedlich dominante Arten.

Mensch-Sein ist eine große Aufgabe und trägt eine noch größere Verantwortung, da der

Mensch größtenteils mit seinem ausgeprägten Verstand die restlichen Lebensformen zu unterdrücken und auszunutzen versucht. Das wirst du dann bestimmt selbst einmal als Tier erleben", so Elohim zur jungen, neugierigen und aufgeregten Seele.

Das Tier-Sein

So wurde schließlich die junge Seele als Tier, im Körper eines Delfins, geboren. Um im Wasser nicht ganz der Schwerkraft ausgesetzt zu sein und noch das Gefühl der Geborgenheit und der Einheit zu haben, dass das Wasser dem neu angekommenen Lebewesen vermittelt.

Sie genoss es förmlich, das Leben als Delfin und erkundete so die Weltmeere mit ihren Artgenossen. Fasziniert entdeckte sie die unglaublichen Tiefen der Meere und die Gewalt der Wassermassen, wenn eine große Welle über ihren Kopf hinwegrollte. Dabei konnte sie auch ein wenig die Schwerkraft erfühlen, in dem sie in hohen Bögen aus dem Wasser sprang, um Luft zu holen. Was für ein überwältigendes Gefühl!

Bei ihren Luftsprüngen aus dem Nass, entdeckte sie eines Tages einige Möwen über ihrem Kopf kreisen. Sie flogen so unbeschwert und frei durch die Luft, dass die junge Seele nur so staunte und sich sagte: „Das möchte ich auch erfahren, so leicht und schwerelos über die schöne Landschaft zu fliegen."

Und so sah man die junge Seele in ihrem nächsten Tierleben als Seemöwe luftig und leicht über das Meer gleiten. So dicht und knapp an den brechenden Wellen oder an den Steilklippen entlang, dass es ihr schon selbst ganz schwindlig wurde.

Sie genoss die neue Freiheit in vollen Zügen und war sehr beeindruckt von der Kraft des Windes, der sie kilometerweit über das Land trug, ohne einen einzigen Flügelschlag getan zu haben.

So kam es, dass die junge Seele auch Tiere auf dem Land beobachtete und sich dachte, wie es wohl sein müsste, auf dem Land zu leben.

Als kleine Eidechse, Spinne, Käfer, Maus und viel anderes Kleingetier machte die junge Seele schließlich ihre Erfahrungen auf dem Land.

Auch als Regenwurm, um die Stille und Dichte unter der Erde ohne Licht zu erfahren, verbrachte sie ihr Seelenleben.

Sie lebte aber auch in Formen größerer Tiere, wie der Giraffe, dem Elefanten, dem Nilpferd, der Kuh und vielen weiteren Arten des vielfältigen Tierreichs.

Mit jedem Mal der Neuverkörperung erfuhr die Seele mehr Vergessenheit über ihr wahres Sein.

So kam es auch dazu, dass sie als Ameise andere Ameisenvölker bekämpfte. Als Raubtier andere Tiere riss und deren Leben auslöschte.

Die junge Seele machte schließlich jegliche tierische Erfahrung durch. Als Jagender und Gejagter. Als kleiner Sandfloh oder als Plankton, die am Anfang der Nahrungskette stehen, bis hin zum Leoparden oder Löwen, die sich am Ende der Kette befinden.

Und so kam auch jener Augenblick, als sie eine tiefgreifende und erste Erfahrung mit einem Menschen machte.

Es geschah, als die junge Seele in einem Lamm verkörpert war. Es hätte ihr genauso gut als Fisch, Schaf, Huhn, Schwein oder Rind passieren können. Aber in ihrer tiefgreifenden Erfahrung war es nun dieses junge Lammleben.

So wuchs dieses kleine Lamm in einer schönen Umgebung auf. Mit saftigen Wiesen und in ständiger Begleitung seiner Artgenossen. Geschützt durch einen Zaun, den sie so nicht als Hindernis wahrnahmen. Ihnen fehlte es an nichts und sie lebten einfach in den neuen Tag hinein.

Eines Tages schließlich, erschien ein Mensch auf der Weide und die Aufregung war groß unter den Tieren.

Plötzlich jedoch verspürte das junge Lamm tiefe Angst, als dieser Mensch schließlich gezielt auf es zu rannte und es mit einem Seil zu Fall brachte. Mit Todesangst und weit aufgerissenen Augen beobachtete das junge Lamm regungslos, wie dieser Mensch ein silbern glitzerndes Ding hervorzückte und es an ihren zierlichen Hals anlegte. Einen kurzen Ruck später spürte es, wie die Klinge durch seine Kehle fuhr. Das warme Blut lief ihm langsam in die

Luftröhre, sodass es seinen letzten Atemzug gurgelte.

Ungläubig über das gerade Geschehene schloss es die Augen. Im nächsten Augenblick trennte sich auch schon die Seele vom Leib und stieg empor.

Dies war eine so tiefgreifende Erfahrung für die junge Seele, dass sie, um es wirklich verstehen zu können, in einem menschlichen Körper leben musste. Sie war nun reif für diesen Schritt und hatte etliche Erfahrungen als Tier hinter sich, um nun ein Leben als Mensch, mit seinen tief verwurzelten und komplexen Denkstrukturen kennenzulernen.

„Mensch-Sein ist eine große Aufgabe
und trägt eine noch größere Verantwortung!"

Das Mensch-Sein

Als menschliches Wesen auf dieser Welt zu leben, faszinierte die junge Seele sehr. Sie besaß jetzt einen ausgeprägten Verstand und eine Persönlichkeit, die im Alter ihres menschlichen Lebens immer mehr zunahmen und über die sie sich verstärkt definierte. Auch über einen eigenständigen und wachen Geist, der alles genau untersuchte, hinterfragte und zu definieren versuchte, verfügte die Seele nun. Es musste jetzt alles greifbar sein, um es verstehen zu können.

Ihr Ego entwickelte sich schnell und aus der Bescheidenheit, die sie noch vom Tierreich kannte, wurde Gier.

Eine unersättliche Gier nach mehr. Mehr Reichtum, mehr Land – das nicht zu besitzen ist – mehr Ressourcen, mehr Macht und mehr Kontrolle über sich und andere.

Die Stimme der Gedanken wurde im Kopf immer lauter und forderte nach mehr.

Sie führte Kriege an und wurde zu grausamen Herrschern, um ihr Verlangen nach der scheinbaren Sicherheit zu stillen.

Dabei durchlebte sie qualvolle Zeiten als Täter, dann wieder als Opfer. Im Wechselbad der tiefen Emotionen in allen Geschlechtern.

Sie spürte den rasenden und dumpfen Hass, als sie jemanden aus Rache tötete, aber auch das Gefühl der Peinigung durch die anderen. Die bestialischen Schmerzen der Folter und der Erniedrigung.

Es schien für sie die Hölle auf Erden zu sein. Tief verstrickt in die Egostruktur und ihre Emotionen.

Sie hatte sich nun vollständig selbst verloren und vergessen!

Wie ein Träumender, der sich seines Traumes nicht bewusst ist.

Ein Alptraum, aus dem sie glaubte, keinen Ausweg mehr zu finden.

So ging dieser Zustand etliche Leben weiter, ohne dass die Seele wusste, wo sie sich befand. Blind und taub in scheinbar völliger Dunkelheit.

Wenn ihr Körper jedoch starb, erwachte sie wieder aus diesem Alptraum und erkannte das Missgeschick, versprach sich dabei Besserung, um erneut auf diesen Planeten zurückzugehen und es diesmal besser zu machen. Doch bei ihrer Rückkehr zum Planeten wurde sie wieder von dieser umgebenden Schwere und Trägheit ergriffen, um langsam das vorher Geschehene zu vergessen.

So war es ein scheinbar unendlicher Kreislauf von Geburt und Tod.

Gefangen in den eigenen Glaubenssätzen.

Sie wollte perfekt werden. Sich vom bösen Blut reinwaschen, nur um wieder darin baden zu müssen.

Diese junge Seele wurde dadurch älter. Älter in dem Sinne, dass sie an Erfahrungen wuchs, sei es durch scheinbar gute oder schlechte. Diese Erfahrungen zeichneten sich in ihrem vorher so unbefleckten Strahlenfeld ab.

Es entstand ein neues und einzigartiges Seelen-gebilde, das diese ehemals junge Seele zu einer alten und erfahrenen Seele heranreifen ließ.

Irgendwann jedoch, nach einer gefühlten End-losigkeit an Wiedergeburten, verspürte sie zum ersten Mal Heimweh.

Nach etwas, das außerhalb dieser Welt sein müsste.

Doch noch war das Gefühl des Getrenntseins zu groß, um die Sehnsucht erfassen zu können.

Die zehrenden emotionalen Erfahrungen ermüdeten die Seele sehr und mit ihrer zunehmenden Reife befasste sie sich mehr und mehr mit geistig mystischem Wissen.

Dies war nun der Wendepunkt der Seele.

Sie begann nicht mehr nach Macht, Kontrolle und Besitz zu streben, denn sie fühlte innerlich, dass dies der entgegengesetzte Weg sei.

Langsam entwickelte sich die Stimme des Herzens zurück, die sie so lange nicht mehr wahrgenommen hatte.

Es vergingen weitere Leben, in der die gealterte Seele als Mönch oder Priester jeglicher Religionen lebte. Interessiert an den Lehren der vorherigen Avatare.

So entwickelte sich langsam ihr Bewusstsein für diese andere Welt zurück, die ihr irgendwie vertraut vorkam. Mitgefühl, Demut und sogar Liebe tauchten wieder auf, während die negativen Emotionen langsam abebbten.

Auch die innere Stille und der damit verbundene Frieden kehrten langsam in ihr ein.

Dies war der beginnende Durchbruch aus diesem finsteren Tal. Und so kam es auch, dass sich die gereifte Seele Stück für Stück ihres Selbst mehr bewusst wurde.

Als eines ihrer vielen Leben, das sie mit der größten Hingabe und Dankbarkeit lebte, sich schließlich dem Ende neigte, spürte sie zum ersten Mal diesen heiligen Moment des Todes.

Sie nahm bewusst wahr wie in der letzten Stunde des eintretenden Todes, eine seltsame Stille einkehrte und die Seele in ihrer vollsten Pracht langsam und bedacht aus dem gealterten und vom Leben geprägten Körper glitt.

Anfangs spürte sie noch den schweren Leib, der sie an die materielle Dichte band. Doch dann schälte sich die Seele behutsam aus dem Körper heraus. Es fühlte sich so an, als würde ein Behälter voll Wasser zu kochen beginnen und der Aggregatzustand sich von flüssig in gasförmig verwandeln.

Das vorherige Leben zog noch einmal vor dem geistigen Auge vorüber, welches sie aus der Beobachtungsperspektive und in Zeitlupe betrachtete. Sie konnte die Gedanken, Gefühle und Emotionen der sie im letzten Leben umgebenen Mitmenschen fühlen und nachempfinden. Deren Schmerz war auch ihr Schmerz und deren Freude ihr Glück. Sie sah mit einem Lächeln zu, wie sie anderen Menschen half und liebevoll mit ihnen umging. Aber auch von ihr verursachte Demütigungen erkannte sie, die sie sich dennoch selbst verzieh.

Insgesamt war es doch ein gutes und schönes Leben, würde so manch einer urteilen.

Aber sie ersparte sich dieses Urteil, denn sie war in der tiefen Neutralität angekommen.

Anschließend spürte sie, wie sie zunehmend leichter und freier wurde. Als seien in diesem Moment alle Lasten von ihr abgefallen.

Wie ein Vogel, der seine Schwingen zum Flug ausbreitet und zu fliegen beginnt; oder wie eine Raupe, die sich in einen bezaubernden Schmetterling verwandelt und sich mit den ersten Flügelschlägen in die neue Freiheit schwingt.

So friedvoll und ruhig. Wie heilig und majestätisch dieser Augenblick doch war!

Ohne jegliche Angst und andere Emotionen. Frei und unbeschwert schwebte die Seele davon.

Sie stieg in solch hohe Sphären empor, welche bisher durch Angst und Hass blockiert wurden.

Hinaus aus der Trägheit dieser Welt. Hinauf in die Weiten des Unendlichen.

Und da fiel es dieser altgewordenen Seele plötzlich wieder ein, nachdem sie die einnehmende Schwere des Planeten überwunden hatte:

Der gute und liebevolle Elohim!

Der Tod ist ein Erwachen aus einem Traum in ein neues zeitloses und unendliches Sein.

tomtom

Die reife Seele

Es war für die gealterte Seele tief ergreifend, nach einer gefühlt so langen Zeit diesen alten Freund, Elohim, wiedersehen zu dürfen. In solch einer willkommen heißenden Liebe wurde sie von ihm empfangen, die sie so nicht mehr kannte und längst vergessen hatte. Diese bedingungslose, tiefe Liebe hatte sie lange nicht mehr gespürt und das berührte die gealterte Seele daher sehr!

„Hallo liebe Seele! Schön dich hier oben zu sehen!", empfing Elohim die Seele liebevoll.

Die gealterte Seele konnte spüren, wie aus ihrem Rücken große Energieflügel wuchsen. Mächtig begannen sie hervorzustrahlen, was die Seele nur hoch oben über diesem Planeten wahrnehmen konnte.

„Hallo Elohim, mein alter Freund. So lange habe ich dich nicht mehr gesehen und jetzt fällt mir auch auf, wie sehr ich dich nach all der langen Zeit vermisst habe", kommunizierte die Seele in der universellen Gefühlssprache.

„Wie schön liebe Seele, ich sehe du hast dich verändert und etliche Erfahrungen gesammelt. Und trotzdem warst du nur einen kurzen Augenblick fort!", erwiderte Elohim.

„Aber ich habe doch so viele tausend Leben durchlebt und dich während dieser langen Zeit vergessen!", antwortete die Seele fassungslos.

„Ja, liebe Seele, denn auch die Zeit ist eine Illusion, die du auf diesem Planeten erfährst. Du bist an die dortigen Gesetzmäßigkeiten gebunden und erlebst so die Vergänglichkeit. Doch hier gibt es keine Zeit.

Hier sind alle Augenblicke zusammengefügt in einem einzigen Moment. Statt sie nacheinander wahrzunehmen, sind sie hier ineinander in einem großen Gefüge zu betrachten.

Es gibt daher keine Vergangenheit und auch keine Zukunft, wie du sie auf dem Planeten wahrgenommen hast. Sondern nur diesen einen großen Augenblick!

Ich war immer bei dir, nur du hast es nicht wahrnehmen können.

Kannst du dich noch an das Leben als junges Lamm erinnern? Du hast dich als Lamm erfahren, genauso warst du auch der Mensch, der das Lamm schlachtete. Zur gleichen Zeit. Du hast dich wohl selbst umgebracht und dadurch erfahren, wie es ist getötet zu werden und gleichzeitig ein Lebewesen auszulöschen. Du warst zeitgleich Opfer und Täter!

So ist das mit all deinen bisherigen Leben gewesen, die du erfahren durftest.

Alles und jede Rolle hast du selbst gespielt, dich nur nicht im scheinbar anderen fremden Wesen erkannt. Das ganze Leid hast du dir somit selbst angetan.

Du bist ein und dasselbe!

Es ist wie ein Wassertropfen, der sich als von den anderen Wassertropfen getrennt sieht. Er nimmt sich anfangs nur als äußere Hülle wahr, nicht aber als die innere Essenz, das Wasser, aus dem auch alle anderen Wasserstropfen bestehen.

Wasser ist, in meinem Beispiel gesehen, als deine Essenz zu verstehen.

Wasser ist für diesen Planeten überlebenswichtig und in jedem Lebewesen, in jeder Pflanze und sogar in jedem Stein enthalten. Bei dem einen mehr und bei den anderen weniger und trotzdem beinhalten sie es immer.

Selbst im entferntesten Zustand, als Wasserdampfpartikel, bleibt dieser Partikel Wasser, sprich deine *Ur-Essenz*. Ihre Präsenz ist nicht zu leugnen!

So hast auch du dich aus der Einheit gelöst, um dich als eigener, kleiner Tropfen wahrzunehmen und um deine eigenen Erfahrungen sammeln zu können.

Das, was in deinem Strahlenfeld hängen bleibt, ist die Erfahrung, wie der Wassertropfen, der auf ein Blatt oder einen Stein fällt und deren Spurenelemente und Mineralien in sich aufnimmt.

Wenn dann langsam die Bewusstheit einsetzt, verbinden sich, bildlich gesehen, die Wassertropfen zu größeren Tropfen bis hin zu einem Rinnsal. Sie sind eins geworden! Ineinander verschmolzen! Und mit ihnen auch ihre erlebten Erfahrungen.

Und so schreitet dieser Prozess fort. Vom Rinnsal zum Bächlein und zum immer größer werdenden Fluss, welcher dann schon als Seelenkollektiv zu verstehen ist. Das Bewusstsein breitet sich immer mehr aus, bis es im Meer der Einheit wieder verschmilzt. So war jeder einzelne Seelentropfen nötig, damit sich die Einheit durch sich selbst erfahren kann. Durch dich und alle anderen Lebensformen mit ihren Seelen, erfährt sich so die schöpferische Präsenz selbst.

Diesen Prozess kannst du ebenso auf diesem wunderbaren Planeten erkennen. Dieser Kreislauf des Wassers oder der göttlichen Präsenz, geschieht auch in einem einzigen Moment. Von der Trennung vom Meer, sprich der Einheit, als einzelner Tropfen, bis hin zur Wiedervereinigung mit dem Meer.

Es geschieht alles in diesem Augenblick gleichzeitig. Auf dem gesamten Planeten und ebenso im Universum. Du selbst, liebe Seele, die du als Lebewesen darauf lebst, siehst allerdings immer nur einen beschränkten Blickwinkel dieses Geschehens.

So hast du die Göttlichkeit in dir, während deiner vielen Leben nie verloren, und musst sie daher auch nicht erst erlangen oder darauf hinarbeiten, um vollendet zu werden.

Du bist schon jetzt vollendet!

Mit all deinen guten und schlechten Erfahrungen, die nötig sind und waren, um zu diesem entscheidenden Moment der Erkenntnis zu gelangen. Daher gibt es kein Gut oder Schlecht.

Alles diente der Erfahrung und der *Selbst-Erkenntnis*! Das ist die Erkenntnis, die ich dir am Anfang deiner Reise bereits beschrieben habe", erinnerte Elohim die Seele voller Güte.

Die gealterte und reife Seele konnte es nicht fassen, wie sie dieses doch so wichtige Wissen hatte vergessen können, das sie noch vor der Reise zum blauen Planeten für völlig normal und verständlich hielt.

Da musste die Seele lachen. Sie fing so laut an zu lachen, dass dies wahrscheinlich in der ganzen Galaxie zu hören war. Es war eine solche Befreiung für sie, dass es nur so aus ihr heraussprudelte. Sie hatte sich selbst wiedererkannt, nach einer scheinbar so langen Zeit.

Jetzt wusste sie auch, was Elohim damals mit totalem Vergessen über *Alles-was-Ist* gemeint hatte. Jetzt konnte sie nachvollziehen und verstehen, was es bedeutet, in dem scheinbaren Getrenntsein von *Allem* zu leben.

„Ich liebe diesen Planeten, er ist genau richtig, so wie er ist. Nichts geschieht ohne Grund! Alles ist im Einklang und läuft ineinander, wie ein gigantisches Uhrwerk", erkannte die Seele staunend.

Da sprach Elohim ein letztes Mal:

„So ist es nun die Meisterschaft, diese noch so einfach wirkende Erkenntnis in der Welt der Trennung zu erkennen und zu leben. Sei ein Vorbild für diese neue Welt!

Dies ist eine weitere Erfahrung, die dich prägen sollte. Dabei kann das Wasser dir als Lehrmeister dienen. Jenes Element, das diesen blauen Planeten ausmacht.

Wenn es dir gelingt, deinen inneren Frieden, die Freude am Leben, die Schönheit dieser Welt zu erkennen und die Liebe in dir und somit auch in deinem Nächsten zu entfachen, so wird dir diese Erkenntnis mit Leichtigkeit zufließen.

Höre auf die leise Stimme deines Herzens!

Nichts ist schwer zu erarbeiten oder zu erkämpfen, wenn du in deinem Lebensfluss bleibst. Schwimme mit ihm voller Freude und genieße es, dich darauf treiben zu lassen. Vertraue darauf!

Du bist reif für diese schöne Erkenntnis, liebe Seele, ich glaube an dich!“

Und so stieg die reife Seele erneut hinab zu diesem außergewöhnlichen blauen Planeten, mit dem festen Ziel, sich der Erkenntnis auch im völligen Vergessen zu erinnern. Und um sich in allen Formen, die auf diesem Planeten herrschen, wiederzuerkennen.

Je weiter die Seele sich schließlich wieder dem Planeten näherte, desto mehr nahm erneut diese einehmende Schwere des Vergessens zu. Sie versuchte noch, das Wissen um die Erkenntnis zu behalten, aber es war wie eine tiefe Müdigkeit, gegen die es sich nicht ankämpfen ließ.

Alles Festhalten half jedoch nichts und da kam die Seele in ihrem neuen und jungen Körper fast ahnungslos an.

Ein weiteres Mal, nach so vielen Zyklen des Geborenwerdens.

Irgendwie ist es auch traurig, diesen Zustand der höheren Sphären wieder verlassen zu müssen, war ihr letzter Eindruck, bevor der innerste Kern der Seele ganz einschlief.

...Und da öffneten sich im nächsten Moment die schönen Augen ihres neuen und jungen Körpers.

In dieser Welt, in diesem Leben, hier und jetzt, in diesem Augenblick...

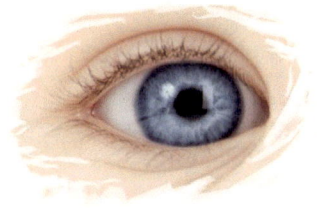
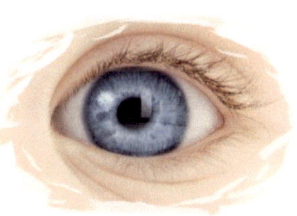

Gute Reise ihr Seelen und viel Glück

auf eurem Weg der Selbsterkenntnis.

Danksagung

Mutter Erde, du machst diese große Erfahrung erst möglich. Du beherbergst so viele einzigartige Lebewesen, Pflanzen und Steinarten. Du bist ein Teil von uns und ein weiser Lehrmeister. Du schenkst uns Leben und auch den Tod sowie die vergänglichen Hüllen aus deiner Schöpfung. Du spiegelst die Vielfalt des Universums wider und trotzdem beinhaltest du das Endliche im Unendlichen. Du besitzt unglaubliche Geduld und lässt die Taten des Menschen geschehen. Du lässt dich ausbeuten und wehrst dich nicht. So zweifelst du nicht an der Liebe und lässt Leben auf dir gedeihen.

Wir dürfen auf solch einem wunderbaren und schönen Planeten leben und unsere Erfahrungen machen!

DANKE

Unser Körper, das treue und zuverlässige Reisegefährt auf dieser Welt. Du bist das Wunderwerk der Natur, in dem sich das Universum im Kleinen widerspiegelt. Du verdienst den größten Respekt, die Liebe und Zuneigung für all die geleistete Arbeit, die wir dir tagtäglich abverlangen. Du bist mein bester Freund!

DANKE

Unsere Eltern, euch haben wir unseren Körper zu verdanken. Ohne euch würde es kein Leben auf dieser Erde geben. Durch die Dualität von Mann und Frau entsteht neues Leben. Ihr seid die Vermittler der ersten Erfahrungen.

DANKE

Alle Mitmenschen, die uns in solch einem Leben begegnen. Egal wer es ist, sie sind die stillen Lehrer und Spiegel der eigenen, zu lösenden inneren Konflikte. Alles geschieht zur rechten Zeit am rechten Ort!

DANKE

Persönlichkeit, Ego und Verstand, ihr ermöglicht es, die Erfahrungen im getrennten Sein zu erleben und die göttliche Essenz und Herkunft zu vergessen. Nun habt ihr ausgedient und dürft euch in voller Liebe und Verständnis auflösen, da die neue Zeit der Bewusstwerdung des eigentlichen Selbst eingetreten ist.

DANKE

Das *Hohe Allumfassende Selbst* kreiert dieses großartige Spiel der Illusion der Trennung, um das Erkennen seines Selbst wieder zu ermöglichen.

DANKE

Liebe Lisa,

danke für deine Unterstützung!

Es war einmal ein Regentropfen,
der das Wasser suchte und nicht fand,
denn er hatte sich selbst nicht erkannt.

tomtom